AF211997

DAS
ETWAS ANDERE

ERSTE MAL

Episoden des Lebens

Kurzgeschichten

IMPRESSUM

© 2008 Eugorisse-Urban Susanne
Korrekturen: Urban Norbert
Grafik:: Gartner Elisabeth
Fotos: Mit freundlicher Genehmigung zur
Verfügung gestellt von
Gemeinde Puchenstuben

Herstellung und Verlag:
Books on Demand GmbH, Norderstedt

ISBN-13: 9783837016307

Bibliografische Information der Deutschen
Nationalbibliothek
Die Deutsche Nationalbibliothek verzeichnet diese
Publikation in der Deutschen Nationalbibliografie;
detaillierte bibliografische Daten sind im Internet
über http://dnb.d-nb.de abrufbar.

3

Vorwort

Schreiben war schon immer ein ganz besonderes Steckenpferd von mir.

In der Schule konnte ich mir mit dem Schreiben von Liebesbriefen für Andere einen kleinen Vorteil verschaffen. Alle, für die ich einmal geschrieben hatte, glaubten es sich nicht leisten zu können, mich zum Feind zu haben, da ich sonst vielleicht etwas ausplaudern würde.

Schon damals war ich der Meinung, dass einige wenige moralische Grundsätze ganz einfach zu gelten haben. Einer davon ist – wenn dir Jemand etwas anvertraut oder du für Jemanden etwas tust, verwende dieses Wissen nie in einer anderen Situation gegen diese Person. Es würde bestimmt auf dich zurückfallen.

Wenn ich von Jemandem etwas weiß, das er oder sie mir anvertraut hat, dann kann Der- oder Diejenige sicher sein, dass ich es, auch wenn es oft sehr vorteilhaft wäre, nicht später gegen ihn oder sie verwenden werde. Da meine Kameraden das allerdings nicht wussten, konnte ich mir damit, wie gesagt, einige Vorteile sichern.

Meine ganze Familie wartet bei Anlässen wie Geburtstagen, Hochzeiten usw. immer auf meine "literarischen Kunstwerke". Meistens sind dies lustige, manchmal auch etwas sarkastische, seitenlange Gedichte, die sich mit dem Jubilar und seinem Leben befassen.

Der Schwachpunkt bei diesen Werken ist allerdings der Vortrag des Geschriebenen. So schnell ich schreibe, lese ich auch und dabei geht immer die Hälfte des poetischen Genusses verloren. Dem Redefluss im Zeitraffer vermögen nicht viele zu folgen. Aus diesem Grund hat man mich schon mehrmals darum gebeten, meine Darbietungen zum Nachlesen zur Ver-fügung zu stellen.

Seit meiner Kindheit habe ich gerne gelesen und ebensogern geschrieben, Kurzgeschichten, Gedichte, Theaterstücke und sogar schon mehrmals ein "Buch". In der dritten Klasse Volksschule schrieb ich das Erste – immerhin ein ganzes A5 Heft – über zwei Mädchen, die sich im Wald verlaufen hatten. Ein weiteres Manuskript wurde nach der Fertigstellung dem Papiercontainer übergeben, da ich der Meinung war, dass die Welt noch nicht reif für meine Literatur sei.

Irgendwann hatte ich dann die Idee für einen wirklich guten Roman. Die Charaktere und die grobe Einteilung der Kapitel war schnell geschrieben. Leider konnte mein damaliges Umfeld dieser Entwicklung nichts abgewinnen und mich überzeugen, dass die Schreiberei eine brotlose Kunst sei. Das Manuskript wurde ein Raub der Flammen und ich wieder zurück auf den Boden der Realität geholt.

Nun, die Zeiten ändern sich. Gott sei Dank. Von Zeit zu Zeit kommen auch die geistigen Errungenschaften der Menschheit zum Zuge und dieses Büchlein soll ein kleiner Beitrag dazu sein.

Mein Erstlingswerk trägt den Titel – "Das etwas andere ERSTE MAL – Episoden des Lebens" und ist eine Sammlung von Kurzgeschichten.

Nein, ich unterhalte Sie bestimmt nicht mit dem "Thema Nummer Eins". Dieses wird in Büchern und den Medien für meinen Geschmack schon überstrapaziert.

Es geht um ganz banale Dinge des täglichen Lebens – einfach um Erste Male – jedes für sich etwas Besonderes.
Manches Erste Mal verläuft völlig bedeutungslos und wir vergleichen die nächsten gleichartigen Begebenheiten mit dem unspektakulären ersten Mal, deshalb ist es allein schon durch seine Bedeutungslosigkeit bedeutend.

Sie meinen, da gäbe es hunderte Geschichten zu erzählen? Sie liegen richtig, aber lassen sie mich vorerst mit einigen wenigen beginnen...

Allererstes Erstes Mal

Beginnen wir mit dem allerersten ersten Mal. Ich wurde geboren. Dieses Ereignis ist eigentlich das einzigartigste erste Mal, weil es nicht mit gleichartigen späteren Ereignissen verglichen werden kann. Selbst kann ich mich daran nicht mehr bewußt erinnern. Jedoch gibt es bei diversen Familienfeiern und Zusammenkünften immer wieder die Gelegenheit, die eine oder andere, dieses Ereignis begleitende, Episode zu hören.

An einem Junitag, frühmorgens, in Außerhalbach, einer winzigen Siedlung bei Kleinzell, wurde ich im Beisein einer Hebamme geboren. Nachdem meine damals fast zwei Jahre alte Schwester Elisabeth erfahren hatte, dass sie jetzt nicht mehr allein sein würde, zog sie die Schuhe an, das erste Mal allein wohlgemerkt, und lief zur Tür. Auf die Frage meiner erschöpften Mutter, wohin sie denn gehen wolle, sagte sie: „Zur Oma, du hast eh die da...". Sie rannte hinaus und wollte nicht mehr zurück, weil sie der Meinung war, es sei kein Platz für uns beide.

Irgendwann gab sie diese Haltung auf, wollte aber in Wahrheit einfach nicht kampflos ihren Platz einem verrunzelten, schreienden Baby überlassen.

Eigentlich war der errechnete Geburtstermin ja erst zwei Wochen später, aber als mich die Heb-amme sah, rief sie aus: „Gott sei Dank ist es früher gekommen, wer weiß was es sonst geworden wäre!" Zum allgemeinen Verständnis sei dazu angemerkt, dass ich überall lange schwarze Haare hatte und, so dicht behaart, ein lebender Beweis für so manchen Evolutionsfanatiker war. Nach einiger Zeit verschwand die schwarze Pracht auf Rücken, Armen, Beinen und Kopf und zurück blieb ein kleines, dickes Baby mit sehr weißer Haut und blonden Löckchen, zumindest dort wo die Glatze ihr Territorium aufgegeben hatte.

Meinem Vater bin ich noch heute dankbar für meinen Namen – Susanne. Wenn es nach meiner Oma gegangen wäre, hätte ich Klothilde geheissen. Eine entfernte Verwandte in Frankreich trug diesen Namen und auf französisch klingt er ja auch gar nicht so übel.

Schon bald nach der Geburt sah mich mein Vater. Er fragte meine Mutter nicht, wie es ihr ginge. Er schaute mich an und stellte fest: „Die schaut jetzt schon so frech aus. Das kann nur eine Susi sein!" Welche Erfahrungen er mit Susis gemacht hat, weiß ich nicht. Meine Oma hätte lieber einen Althochdeutschen Namen für mich gehabt – aber Wilhelm schied für mich definitiv aus. Der wurde zwölf Jahre später geboren. Mit der Taufe von meinem Bruder wurde ihr dann endlich auch dieser Wunsch erfüllt.

Mein Heim für die nächsten paar Jahre war das "Mittereckhaus" am Hinterötscher.

 Ein kleines Haus in der Mitte einer Wiese, umgeben von Wäldern und Wildnis, wo sich Fuchs und Hase "Gute Nacht" sagen. Traumhaft, wären nicht die Anschläge von Elisabeth gewesen.

Meine Schwester begann mich allmählich wirklich lieb zu haben. Zumindest hatte es für Außenstehende den Eindruck. Sie ließ mich nicht aus den Augen, was ihr als Verantwortungsbewußtsein gutgeschrieben wurde. Als ob ein noch nicht zweijähriges Kind so etwas besitzen würde...

Im Gegenteil, sie versuchte mich loszuwerden. Man kann einem Kind in dem Alter ja keine Absicht unterstellen, aber unsere ersten gemeinsamen Fotos sprechen Bände. Ein braungelocktes, süßes Mädchen sitzt auf der Wiese und hält vor sich ein blondgelocktes, süßes Baby. Bei genauerem Betrachten fällt auf, dass dem Baby die Spucke übers Kinn läuft, weil das Mädchen es mit festem Zangengriff fast zerdrückt. Die Augen blitzen hinterhältig und hätten die beiden noch länger sitzen bleiben müssen, hätte das rosige Gesicht des Babys wahrscheinlich in ein zartes lila-blau gewechselt.

Dass Elisabeth alles für mein Wohlbefinden tat, zeigte sich auch später immer wieder. Ich hatte Hunger und begann zu schreien, auf dass meine Mama kommen solle. Meine Schwester allerdings war schneller und stopfte mir ein Scherzel Brot in den Mund. Ohne Zähne Brot oder andere feste Nahrung zu essen ist jedoch nicht so leicht möglich. Mama, durch die plötzliche Stille alarmiert, sah sofort nach dem Rechten und erbleichte, als sie mich mit dem Brot im Mund um Luft ringend vorfand. Sie war trotzdem überzeugt davon, dass Elisabeth nur Gutes tun wollte.

Meine Mutter mußte nach diesem Vorfall einsehen, dass sie uns beide nicht mehr allein lassen durfte, solange ich mich noch nicht wehren konnte. Kinder in diesem Alter können die Tragweite ihrer Entscheidungen noch nicht abschätzen. Schaden von Leib und Leben der Geschwister kann nicht ausgeschlossen werden, auch wenn sie nur Gutes bei ihren Hilfeleistungen im Sinn haben.

Irgendwie überlebte ich die Anschläge und meine Schwester Elisabeth sah ein, dass gegen das pummelige, sabbernde, blondgelockte Baby noch kein Kraut gewachsen war und sie einen besseren Zeitpunkt abwarten mußte.

Der erste Umzug oder der erste Gesetzeskonflikt

Meine glücklichen Tage am Hinterötscher waren leider gezählt.

Elisabeth kam allmählich in ein Alter wo man als Eltern über den Schulbesuch des Nachwuchses nachdenken sollte. Die Kinder vom Ötscher mussten über den Winter ins Internat. Das wollten aber meine Eltern nicht. Sie mussten über Alternativen nachdenken.

Mein Vater nahm eine Stelle als Förster in Puchenstuben an und unser erster Umzug stand bevor. An diesen kann ich mich nicht mehr erinnern, ich muss damals zwei oder knapp drei Jahre alt gewesen sein. Sämtliche Begebenheiten, die hier beschrieben werden, beruhen daher auf Erzählungen.

Die Umstellung war drastisch. Wir zogen von der Wildnis in eine zivilisierte Ortschaft, wo mehr als zwei Häuser in einem Umkreis von zehn Kilometern standen. Der Förster der Verwaltung wohnte im Forsthaus und wir bekamen als Übergangslösung eine Wohnung im ersten Stock vom Kaufhaus der Familie Kriener. Die Krieners hatten mehrere Wohnungen vermietet und es waren auf einmal viele Kinder rund um uns. Endlich nicht nur meine Schwester zum Spielen.

Langsam gewöhnten wir uns an die neue Umgebung und fanden Gefallen daran. Die 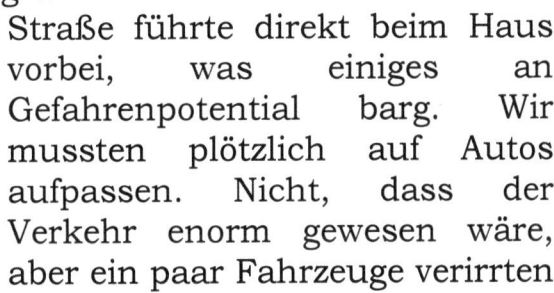 Straße führte direkt beim Haus vorbei, was einiges an Gefahrenpotential barg. Wir mussten plötzlich auf Autos aufpassen. Nicht, dass der Verkehr enorm gewesen wäre, aber ein paar Fahrzeuge verirrten sich doch jeden Tag in den Ort. So viele hatten wir nie zuvor gesehen.

In dieser Wohnung kam ich auch das erste Mal mit dem Gesetz in Konflikt.

Elisabeth ging schon zur Schule, Papa war im Wald und meine Mutter mit mir zu

Hause. Sie hatte mir gerade mein Frühstück hergerichtet. Eine Buttersemmel und ein Häferl Kakao. Ich tunkte mein Semmerl in den Kakao, wie ich es auch heute noch mache, und beobachtete meine Mutter, die mit den Vorbereitungen zum Kochen begann. Nach einiger Zeit wurde mir das zu langweilig und ich schaute zum Fenster hinaus.

Die vom Kakao aufgeweichte Semmel in der Hand, sah ich einen Mann in Uniform auf das Haus zukommen. Um ihn besser sehen zu können, lehnte ich mich weiter vor. Es war der Gendarm. Ich wollte mich gerade wieder zu meiner Mutter umdrehen, als das weiche Gebäck abbrach und hinunterfiel, dem Gendarmen auf die Glatze.

Die kakaogetränkte Semmel verteilte sich auf Kopf und Uniform des Gesetzeshüters. Er schaute zum Fenster herauf. Ich zog instinktiv den Kopf ein und wartete was passieren würde. Nach der ersten Überraschung begann der Mann zu schreien. Mama stürzte zum Fenster, um zu sehen was los sei. Sie hatte nicht mitbekommen, was passiert war und sah zu ihrem Schreck den Herrn Demmelmeier

mit dem gatschigen Teig auf dem Kopf
unten herumspringen.

Mama drehte sich zu mir um und ich
begann sofort eine Entschuldigung zu
stottern. Sie rannte hinunter auf die Straße
und ich beobachtete vom Fenster aus, wie
sie auf den Gendarmen einredete und
nebenbei versuchte die Flecken von der
Uniform zu wischen. Schließlich zog der
bekleckerte Ordnungshüter mit rotem Kopf
ab. Mama kehrte in die Wohnung zurück
und schimpfte mit mir, weil sie der
Meinung war, ich hätte das mit Absicht
getan.

Zu Mittag kam Papa nach Hause und,
noch nicht einmal aus den Schuhen,
erzählte Mama ihm von dem peinlichen
Vorfall. Während meine Mutter im Gesicht
schon beim Erzählen der Geschichte
wieder rot anlief, begann mein Vater laut
zu lachen. Er sah das ganze ein bißchen
lockerer.

Anscheinend hatten den Vorfall aber doch
mehr Menschen beobachtet, als ange-
nommen. Der Gendarm hieß fortan –
"Demmelmeier – Semmelgeier".

Wielang sich dieser Name gehalten hat, weiß ich nicht. Auch nicht, ob alles genau so passiert ist, doch so wurde es mir erzählt.

Erster Knochenbruch

Die meisten Menschen brechen sich zeitlebens nicht einmal einen Knochen, andere sogar mehrere auf einmal. Da dieser Vorgang meistens mit Schmerzen verbunden ist, erinnert man sich in der Regel sehr gut daran.

Durchschnittlichkeit war noch nie meine Stärke und so brach ich mir bis heute 15 verschiedene Knochen. Allerdings gibt es einen der mir besonders in Erinnerung geblieben ist. Richtig! Der Erste.

Nachdem wir ja jetzt in Puchenstuben wohnten, war es auch möglich im Winter die Gesellschaft von anderen Kindern zu genießen. Mindestens einmal in der Woche fuhren wir zu einem Bauern, der "am Brand" wohnte und zwei Kinder hatte. Andrea war ein Jahr älter als meine Schwester Elisabeth und Karl war so alt wie ich. Wir machten immer furchtbar viel Blödsinn, so auch an diesem wunderschönen Winternachmittag.

Wir vertrieben uns die Zeit mit Heu- und Laubhupfen. Dabei sprangen wir vom oberen Teil des Stadels auf das meterhoch aufgeschüttete Heu oder die Laubhaufen im unteren Teil. Wir versanken durch den Schwung fast ganz in der stacheligen, duftenden Masse. War es endlich gelungen, sich daraus zu befreien, führte der Weg über die Auffahrt des Stadels wieder in den oberen Teil. So ging das viele Male hin und her.

Nach einiger Zeit hatten wir ein neues Spiel ins Auge gefasst.... Eisrutschen! Am äußeren Rand der Stadelauffahrt wo noch kein Heustaub lag, war eine glatte Eisfläche. Wir rannten hinauf und rutschten auf dem Eis wieder zurück in den Hof. Man mußte höllisch aufpassen, damit man nicht seitlich von der Auffahrt hinunter fiel.

Als es schon fast dunkel war, rief meine Mutter nach uns, dass wir ins Haus kommen sollten. Ein letztes Mal wollte ich schon noch rutschen und übersah beim Hinauflaufen einen spiegelblanken Eisfleck. Kopfüber kugelte ich die Auffahrt entlang und fiel dann über den Rand hinunter in den Hof. Instinktiv versuchte ich den Sturz abzufangen und landete auf meiner rechten Hand. Ich spürte einen stechenden Schmerz, der sich bis in die Schulter ausbreitete. Es tat unbeschreiblich weh.

Mama stellte den Arm mit einer Schlinge ruhig. Als wir uns uns auf den Heimweg machten, ließ der Schmerz schon ein wenig nach. Die Hand war nicht geschwollen und sah eigentlich ganz normal aus, nur wenn ich das Handgelenk bewegte, kam eine große Beule auf dem Unterarm zum Vorschein. Einzig und allein der Umstand dass meine Finger weiß waren und ständig einschliefen, veranlaßte meine Mutter dazu, Papa von der Notwendigkeit eines Krankenhausbesuches zu überzeugen.

Also ab nach Scheibbs ins nächstgelegene Spital. Zuerst musste ich zum Röntgen, danach mit den Bildern zum Primarius. Der redete nicht viel und drückte mit seinem ganzen Gewicht auf meinen Unterarm, bis es krachte und ich schrie. Danach schickte er mich ins Gipszimmer. Als die Hand eingegipst war, musste ich nochmal zum Röntgen und danach wieder zum Primar, der den Gips begutachtete.

Er erklärte mir mit Hilfe des ersten Röntgenbildes, dass ich einen Grünholzbruch hätte. Ich sah allerdings nicht, dass der Knochen gebrochen war und fragte nochmal nach, was genau das sei. Er nahm das zweite Bild, das nach dem Eingipsen aufgenommen worden war. Darauf war ein gezackter Strich quer über die Elle zu sehen und einige feine Linien entlang des Striches. Anhand der beiden Bilder machte er mir verständlich, was ich mir zugezogen hatte.

Ein Grünholzbruch ist eigentlich kein richtiger Bruch. So wie bei einem Ast aus grünem Holz bricht der Knochen nicht, sondern biegt sich und bekommt feine Risse. Der so verbogene  Knochen wird in der Folge ganz gebrochen, damit er gerade wieder zusammenwachsen kann. Danach wird die Hand für einige Zeit ruhig gestellt. Diese Erklärung erhebt keinen Anspruch auf medizinische Richtigkeit, ich war damals sechs...

Selbstredend war ich ganz stolz auf meinen ersten Gips und sagte jedem, der danach fragte, dass ich einen Grünholzbruch hätte. Es bereitete mir besondere Freude, nach den meist verständnislosen Blicken, Allen zu erklären was das ist und warum er so genannt wird.

Der Bruch hatte, trotz der Schmerzen, viele Vorteile. Ich konnte zum Beispiel meiner großen Schwester Dinge auftragen, die ich aufgrund meiner vorübergehenden Behinderung, nicht selbst erledigen konnte. Der einzige Nachteil war, dass "Eisrutschen" für den Rest des Winters gestrichen wurde.

Später hatte ich noch oft das zweifelhafte Vergnügen eines gebrochenen Armes oder Beines, aber an den stechenden, brennenden, heftigen Schmerz kann ich mich nur vom ersten Mal genau erinnern.

Erster Schultag

Von meinem ersten Schultag gibt es ein wunderschönes Foto. Aufgrund des Bildes ist Papa noch heute überzeugt, dass Frauen überhaupt kein räumliches Vorstellungsvermögen haben.

Meine Familie war kurz zuvor von der Zwei-Zimmer-Wohnung über dem Kaufhaus ins Forsthaus übersiedelt. Mama hat das Foto aufgenommen, auf dem in der linken unteren Ecke meine Schwester und ich ohne Füße abgebildet sind, das restliche Foto wird von der blitzsauberen weißen Eingangstür dominiert. Noch heute wird Mama, immer wenn sie den Fotoapparat in die Hand nimmt, gefragt, ob sie die Türen frisch gewaschen hat. Sollte das der Fall sein, legt man ihr nahe, sie solle doch bitte jemand anderen knipsen lassen, sonst wären die Menschen wieder nur in einer Ecke zu sehen.

In Puchenstuben gab es keinen Kinder-
garten. Die Mütter waren entweder zu
Hause, arbeiteten wo sie ihre Kinder
mitnehmen konnten oder es waren
Großeltern da, die auf die eigenen und
gegebenenfalls auch auf die Nachbarkinder
aufpassten. Der erste Schultag war somit
etwas wirklich Besonderes, da es der erste
Tag war, an dem man einen vollständig
geregelten Tagesablauf kennenlernte.

Nachdem das Foto im Kasten war, ging
Elisabeth mit mir zur Volksschule. Sie
machte sich besonders wichtig und
erklärte mir alles. Die Schule kannte ich
schon von außen, die Bibliothek und den
Turnsaal auch von innen. Im Turnsaal
fand das Zirkeltraining statt, zu dem im
Winter jeden Freitag alle Kinder zu-
sammenkamen. In der Bibliothek konnte
man auch Bücher ausleihen, wo viele
Bilder drin und wenig zu lesen war. Somit
stellte das Gebäude nichts Neues für mich
dar.

Da stand ich nun mit all meinen Freunden
und Freundinnen, eine giftgrüne Leder-
schultasche auf dem Rücken und
versuchte einen möglichst gelassenen
Eindruck zu machen. In mir sah es aller-

dings ganz anders aus. Panische Angst stieg in mir auf, als sich die Klassentür das erste mal hinter mir schloss.

Nur wenige junge Menschen aus der Stadt können sich das Schulsystem vorstellen, das in unserem Ort praktiziert wird. Die Schülerzahlen sind logischerweise in diesem kleinen Dorf relativ gering, die Volksschule soll aber trotzdem erhalten bleiben.

Die erste, zweite und dritte Schulstufe wurde in einem Klassenzimmer unterrichtet. Im zweiten Klassenzimmer wurde der Unterricht für die vierte und, in Ermangelung einer nahegelegenen Hauptschule, auch die fünfte, sechste, siebente und achte Schulstufe abgehalten.

Dieses System wird mit einer Einschränkung auch heute noch beibehalten. Die Schüler, ab dem Jahrgang meiner Schwester, mussten aufgrund einer Schulgesetzesänderung schon die Hauptschule in der 18 km entfernten Stadt, in Scheibbs, besuchen. Nur mehr die auslaufenden Jahrgänge wurden bis zur achten Klasse im Ort unterrichtet. Heute gibt es meines Wissens nach noch immer die einklassige, mehrstufige Volksschule in Puchenstuben.

Der erste Schultag war für mich mit dem schrecklichen Gefühl des Verlustes der Freiheit behaftet. Ich konnte mich nicht mehr den ganzen Tag ungehindert bewegen und musste mich Regeln unterwerfen. Zu Hause war das nicht so schlimm, aber in der Schule? Eine fremde Frau, die nicht einmal mit mir verwandt war, wollte mir sagen, was ich tun sollte? Was für ein furchtbarer Gedanke. Die Erzählungen meiner Schwester taten das Übrige, dass ich mich nicht wirklich auf die Schule freute... vieles entsprach nicht der Wahrheit, aber das wusste ich damals ja noch nicht.

Eigentlich muss an dieser Stelle der Titel der Geschichte richtig gestellt werden – es war nicht der erste Schultag - an dem waren wir nämlich nicht einmal in der Schule, sondern nur in der Kirche zur Messe. Es war der erste Schultag in der Schule!

Schon der erste Schultag hatte so ein schlimmes Gefühl ausgelöst. Ich wagte gar nicht daran zu denken, wie ich ein ganzes

Jahr dort aushalten sollte. Alles in allem war es dann aber gar nicht so schlimm, von einigen Rückschlägen abgesehen.

Nachdem ich nicht gewohnt war, still sitzen zu müssen, war das sicher das Schlimmste für mich. Am Anfang des Schuljahres stand ich während der Stunde immer wieder auf, ging um meinen Sessel und setzte mich wieder. Meine Lehrerin war zwar streng,

aber gerecht und mit mir mehr als geduldig. Eines Tages aber machte ich sie mit meinem Gezappel so wütend, dass sie, nach mehrmaliger Ermahnung, schrie: „ Wenn du nicht sofort sitzen bleibst, kannst du nach Hause gehen!" Daraufhin packte ich meine Schulsachen und verließ die Klasse.

Die Lehrerin war anscheinend so sprachlos, dass sie momentan gar nicht reagieren konnte. Zu Hause angekommen, fragte meine Mutter, die schon telefonisch informiert worden war, warum ich einfach heimgegangen sei. Ich rechtfertigte mich mit der Aussage meiner Lehrerin: „Die Frau

Lehrer hat gesagt, ich kann heimgehen, wenn ich nicht mehr still sitzen kann." Der Inhalt des Gesagten stimmte zwar mit den Tatsachen überein, aber die Lehrerin hatte bestimmt etwas anderes damit bezwecken wollen. Ein Schmunzeln konnte sich aber selbst meine Mutter nicht verkneifen.

Nun hab ich aber schon mehr erzählt, als nur den ersten Tag, darum weiter zum nächsten ersten Mal...

Erster Freund

 Als ich ein Kind war, hatte ich einen ganz lieben "Engelbert". Was? Sie wissen nicht wer oder was ein Engelbert ist?

Einige Wochen nach Schulbeginn, saß ein älterer, weißhaariger Mann mit langem weiß- em Bart auf einer Bank neben der Kirche. Im Schatten der Kastanienbäume rauchte er seine Pfeife. Er winkte mich heran und stellte sich vor. Engelbert, so hieß der Mann, fragte, ob ich ihn nicht öfter besuchen möge, er würde auf mich warten. Fortan ging ich jeden Tag nach der Schule zu Engelbert. Wir unterhielten uns über alles Mögliche und er gab mir immer gute Ratschläge.

Wir wohnten nicht weit weg von der Schule, mit Trödeln 5 Minuten. Meiner Mutter fiel auf, dass ich jeden Tag später nach Hause kam und sie fragte nach dem Grund. Arglos erzählte ich ihr von meinen

Besuchen bei Engelbert und bot ihr an, ihn kennenzulernen.

Nach der Schule lief ich diesmal zuerst nach Hause und holte meine Mutter ab. Sie begleitete mich zu dem Platz bei der Kirche, wo Engelbert schon wartete. Freudig lief ich zu ihm hin, meine Mutter blieb wie vom Donner gerührt stehen.

Das Treffen war eigenartig. Mama sprach Engelbert nie direkt an, sondern fragte immer mich, wenn sie was von ihm wissen wollte. Umgekehrt fragte Engelbert immer direkt meine Mutter, aber es kam mir so vor, als ob sie ihn nicht hörte. Ich wiederholte seine Fragen oder Antworten, damit sie sich verständigen konnten.

Zu Hause angekommen erklärte mir meine Mutter, dass ihr das Treffen sehr peinlich gewesen war. Meinen neuen Freund habe sie nicht sehen und hören können, war aber sehr interessiert, was ich ihr über ihn erzählte. Nie zweifelte Mama daran, dass er für mich real war und maß dem Umstand, dass er für alle Anderen unsichtbar war, anscheinend überhaupt keine Bedeutung zu.

Sie fragte mich in den folgenden Wochen und Monaten immer nach seinem Befinden und ließ ihm Grüße ausrichten.

Irgendwann kamen die ersten Fragen an meine Mutter, ob ich nicht ganz richtig im Kopf sei, da mich jeden Tag Leute sahen, wie ich auf der leeren Bank saß und mich eifrig mit jemandem unterhielt, der für die anderen nicht da war. Die Antwort meiner Mutter war stets die gleiche – sie sagte ihnen, dass es reichen würde, wenn ich ihn hören und sehen könnte, dass sie sich um ihre eigenen Angelegenheiten kümmern sollten und Engelbert früher oder später ohnehin wieder gehen würde.

Die Nachbarn und Bekannten begannen sich damit abzufinden und akzeptierten mein Verhalten, da es für meine Eltern anscheinend auch keinen Grund für ein Einschreiten gab.

Der Umstand, dass Engelbert voll in unser Leben integriert war, trieb manchmal auch seltsame Blüten.

Tante Renate, die nur einige Jahre älter ist als Elisabeth und ich, war gerade wieder einmal bei uns. Am Nachmittag brachte mein Vater frische Forellen nach Hause. Fürs Abendessen waren es zu viele. Lachend fragte meine Mutter, ob ich nicht meinem Freund, dem Engelbert, eine bringen wolle. Da ich zu diesem Zeitpunkt allerdings schon realisiert hatte, dass keiner außer mir ihn sehen und hören konnte, verneinte ich verschmitzt lächelnd.

Renate wollte, neugierig wie sie war, wissen, wer Engelbert sei. Am nächsten Tag ging sie mit und ich machte sie mit meinen neuen Freund bekannt. Sie stand da und schaute mich mit großen Augen an. Sie fragte mich etliche Male wo er denn sei.  Immer wieder zeigte ich auf die Stelle, an der er, für mich sichtbar, saß und lachte. Mit Erfolg machte ich Renate weis, sie sei wahrscheinlich nicht ganz richtig im Kopf, wenn sie ihn nicht sehen konnte, wo er doch vor ihr saß. Das Fass zum Überlaufen brachte, dass ich mit dem, für sie unsichtbaren, Mann zu sprechen begann. Sie rannte nach Hause.

Erst einige Zeit später sagte ihr meine Mutter die Wahrheit über Engelbert. Renate glaubte allerdings nicht recht daran und zweifelte noch lange an ihrem Verstand.

Vor den großen Ferien verabschiedete sich Engelbert. Er sagte, er müsse weiter, weil jetzt jemand anderer ihn brauche und ich gut auch ohne ihn zurechtkommen würde. Alle Versuche ihn zum Bleiben zu überreden brachten nichts, er hatte seinen Entschluss gefasst.

Anfangs sehr traurig, entwickelte ich nach einiger Zeit eine erfolgreiche Methode ohne seine Ratschläge auszukommen. Mir einfach vorzustellen, was er mir geraten hätte, half mir in vielen Situationen und ich bin eigentlich immer gut damit gefahren.

Heute bin ich überzeugt davon, dass alle Kinder einen Engel(bert) haben sollten. Im Computerzeitalter gibt es viel zu wenige, gerade für Kinder.

Erste Erinnerung

Können Sie sich an ihre erste Erinnerung erinnern? Meine ist so lebendig, weil es eigentlich nicht nur eine Erinnerung ist, sondern ein traumatisches Schockerlebnis.

Im Alter von 10 Jahren hatte ich einen schrecklichen Traum, aus dem ich schreiend erwachte. Meine Mutter stürzte ins Zimmer und hörte sich mein Gestottere über eine Hütte auf einer Wiese, Rübezahl, einen Raum mit Holz und über eine steile Stiege an.

Aus diesen unzusammenhängenden Bildern versuchte meine Mutter mit mir meinen Traum zu rekonstruieren. Als wir das geschafft hatten, schüttelte sie den Kopf und lachte. Sie erklärte mir, den für sie nun offensichtlichen Zusammenhang von meinem Traum mit einer lang zurückliegenden, wahren Begebenheit.

Die ersten Jahre meines Lebens verbrachte ich, wie schon einige Male erwähnt, in einem kleinen Forsthaus am Fuße des Ötschers, im "Mittereckhaus". Mein Vater war dort für das Stift Lilienfeld als Förster tätig. Meine Schwester und ich sind zwei der letzten "Ötschamentscha", wie der Brunner Sepp immer zu sagen pflegt. Übersetzt "Ötschermädchen" – für alle, die des Dialekts nicht mächtig sind.

Am Hinterötscher gab es keinen Strom. Man war einige Monate eingeschneit und sah in dieser Zeit keine anderen Menschen, als seine engste Familie oder die Familie des Oberförsters, dessen Haus einige hundert Meter von unserem entfernt war. Es gab einen Motorschlitten, mit dem die Männer, wenn es die Wetterlage erlaubte, das Nötigste nach Hause brachten. Die Frauen und Kinder konnten den Hinterötscher im Winter nicht oder nur wenn es einen extremen Notfall gab, verlassen. Im Sommer allerdings war und ist es dort wunderschön.

In den Ferien wurde Tante Renate immer zu ihrer großen Schwester, meiner Mutter, geschickt. Ob sie das wollte oder nicht, wurde damals nicht gefragt. Meine Schwester und ich waren für Renate eine Plage. Sie wusste mit uns nicht viel anzufangen, war sie doch selbst noch ein Kind. Nie hatte sie Ruhe von uns und wir verfolgten sie regelrecht auf Schritt und Tritt. Nur aufs Klo durfte sie allein gehen, sonst war immer eine von uns oder noch schlimmer – beide – um sie herum und jede sah sie als ihr Eigentum. Sie wollte nicht mit uns spielen – sie musste.

Irgendwann begann Renate uns Geschichten über Rübezahl zu erzählen. Sie hatte eine sehr lebhafte Phantasie und erzählte in schrecklichen Einzelheiten von seinen Gräueltaten. In ihren Geschichten wurden Leute aufgespießt, verbrannt, geköpft oder kamen auf andere schreckliche Art und Weise durch Rübezahls Hand ums Leben. Die Gestalt des Bösewichts selbst wurde ebenso lebendig beschrieben. Obwohl wir nicht alles verstanden, gruselte uns. Das grausige Bild brannte sich unauslöschlich in unser Gedächtnis, was ja die Absicht meiner Tante war.

An einem Nachmittag spielten wir Nachlaufen auf der großen Wiese hinter dem Haus. Von Renate fehlte jede Spur. Mir kam das seltsam vor und ich wollte in der kleinen Hütte nachsehen, in der die

Stangen für die Heuernte, die „Bettler“, gelagert waren. Wie ich darauf zulief, sprang plötzlich meine Tante hinter der Hütte hervor und stieß einen wilden Schrei aus, der mir das Blut in den Adern gefrieren ließ.

Ich sah nicht Renate, ich sah Rübezahl. Schreiend lief ich zurück zum Haus, durch den Holzschuppen und über die Stiege in den oberen Stock. Meine Mutter versuchte mich, vorerst vergeblich, zu beruhigen. Nach diesem Schock dauerte es einige Zeit, bis ich überhaupt aufhörte zu schreien und wieder ansprechbar war.

Damals war ich aber noch nicht alt genug um das Erlebte im Gedächtnis zu behalten. Mein Unterbewusstsein projizierte die Geschichte sehr viel später in einen Traum, um das Geschehene endgültig aufzuarbeiten.

Erst vor kurzem sprach ich wieder mit Renate darüber. Sie sagte, dass ihr das nachher wirklich Leid getan hatte, sie aber damals keinen anderen Ausweg wusste, um uns loszuwerden und endlich einmal ein bisschen Zeit für sich selbst zu haben.

Obwohl sich die Meinung eisern hält, dass Kinder durch solche Erlebnisse geprägt werden, fürchte ich mich heute weder vor großen, bärtigen Männern noch vor Schauergeschichten. Eigentlich trifft eher das Gegenteil zu. Ein kleines Faible für Makaberes ist mir geblieben. Vielleicht hat meine Tante mir damals sogar etwas Gutes getan, wer weiß…

Erste Ohnmacht

 In Ermangelung an männlichen Nachwuchs- Ministranten durften bei uns auch die Mädchen ministrieren. Sie meinen das tun sie doch sowieso? Ja, Sie haben Recht. Heute ist das kein Thema mehr. Früher, vor allem auf dem Land, war es aber nicht Gang und Gebe und eher die Ausnahme.

Nachdem wir endlich einen neuen und vor allem jungen Pfarrer in Puchenstuben hatten, war es auch für uns Mädchen möglich in der Kirche zu dienen. Die Ministrantenstunden waren eine große Bereicherung für uns. Es war eine willkommene Abwechslung.

Die Dienste waren streng eingeteilt. Bei Begräbnissen beispielsweise durften nur die Älteren unter uns ministrieren, da bei diesen Messen immer jede Menge Geld für die braven Ministranten abfiel. Zu den "normalen" Abendmessen, Vorabendmessen und Sonntagsmessen durften alle eingeteilt werden. Verständlicherweise wollte jeder von uns Neuen bei besonderen Anlässen zum Zug kommen, was aber nur in extremen Ausnahmefällen geschah.

Meine Dienste beschränkten sich im ersten Jahr auf die Donnerstag- und Samstagabendmessen. Im zweiten Jahr durfte ich dann immerhin schon einige Male auch am Sonntag ministrieren.

Es gab zwei Vor- und zwei Nachministranten und jeder hatte seine eigenen Aufgaben. Vor der Messe mussten die Gewänder für den Herrn Pfarrer hergerichtet, die Hostien in den Kelch gefüllt und der Messwein sowie das Wasser in Krüge gegossen werden. Nachdem wir unsere Kutten angezogen hatten, wurde der Altar "gedeckt" und die Kerzen angezündet. Die Abendmessen dauerten nie so lang wie die Hauptmesse am Sonntag und es waren auch nie so viele Leute da.

Der Tag war gekommen, an dem meine erste "besondere" Messe stattfinden sollte. Bei einer Jubiläumsmesse anlässlich einer goldenen Hochzeit durfte ich ministrieren. Schon Tage vorher war die Aufregung groß und am besagten Tag lagen meine Nerven blank. Wieder und wieder wurde die genaue Abfolge der Messe durchgegangen. Es sollte kein Fehler passieren.

Der Altar war gedeckt, die Kirche mit schönen Blumen geschmückt und das Weihwasserbecken gefüllt. Der Kirchenchor stimmte noch die Liederfolge mit der Organistin ab und teilte die Notenblätter zum Mitsingen aus. Während die Leute begannen, sich in der Kirche einzufinden, ging ich in die, hinter dem Altar liegende, Sakristei und schlüpfte in meine Kutte.

Die Vorministranten trugen den Hoch-zeitsschemel hinaus und ich überprüfte nochmal den Weihrauchkessel. Diesen sollte ich später schwenken. Damit er leichtgängig sein würde, schob ich den Deckel ein paar Mal auf und ab.

Der große Moment war gekommen, ich durfte das erste Mal eine bedeutende Messe als Ministrant mitfeiern. Stolz ging ich mit meinem Kessel in die Kirche hinaus und begab mich an meinen Platz auf der rechten Seite des Altars. Die Messe begann und wenn Sie schon einmal bei einer solch besonderen Feier zugegen waren, wissen

Sie, wie lange sich die ganze Zeremonie hinzieht. Zum Hochamt durfte ich endlich den Deckel des Räucherkessels öffnen. Ich atmete den leicht harzigen Geruch des Weihrauchs tief ein und so wie ich aufgestanden war, von meinem Platz an dem ich vorher kniete, sank ich wieder zurück auf die dicken roten Polster.

Was danach kam, weiß ich nur von Erzählungen. Ich fiel angeblich vornüber auf die Altarstufen und mit mir der Weihrauchkessel. Zwei der anderen Ministranten trugen mich in die Sakristei und besprizten mich mit kaltem  Wasser. Danach eilten sie zurück in die Kirche und die Messe nahm ihren Lauf.

Als ich wieder zu mir kam, war ich allein in dem kleinen Raum hinter dem Altar und mir war furchtbar schlecht. Nach einigen Minuten rappelte ich mich hoch, um mich zu orientieren und zu begreifen, was überhaupt passiert war. Der Geruch des Weihrauchs hing noch immer in meiner Nase und verursachte mir gleich wieder Übelkeit.

Nach diesem Zwischenfall, der noch einige Zeit in der Pfarrgemeinde Gesprächsstoff war, durfte ich keine Messen mehr ministrieren, wo Weihrauch geschwenkt wurde. Offensichtlich konnte ich ihn, im wahrsten Sinne des Wortes, nicht riechen ohne Schaden zu nehmen.

Ärgerte ich mich anfangs über diese Maßnahme, musste ich doch einige Zeit später mit einiger Befriedigung feststellen, dass ich nicht allein war mit diesem "Leiden". Anscheinend befiel dieser eigenartige Schwindel immer wieder Mädchen in einem gewissen Alter.

Auch meine Schwester blieb davon nicht verschont. Der inhalierte Rauch verursachte bei ihr eine heftige Übelkeit. Sie rannte in die Sakristei und übergab sich auf den Teppich. Putzen musste sie die Schweinerei dann selber. Wir waren nicht imstande ihr dabei zu helfen, aber sie hatte unser vollstes Mitleid.

Erstes Referat

Haben Sie jemals vor einer ganzen Schulklasse inklusive Lehrer gesprochen? Es ist ein ganz eigenartiges Gefühl. Man kennt jeden in- und auswendig und trotzdem ist es etwas Anderes. Es  macht einen gewaltigen Unterschied, ob man in der Pause miteinander plaudert oder vor versammelter Klasse ein Referat vorzutragen hat.

Ich wollte früher Stewardess werden. Meine Flugangst wäre zwar ein kleines Handicap gewesen, aber was solls. So etwas schreckte mich damals nicht ab. Bedauerlicherweise gab es eine kleine Einschränkung und deshalb war ich gezwungen, mir meinen Berufswunsch nochmals durch den Kopf gehen zu lassen.

1985 musste eine Stewardess mindestens 1,70 m groß sein und ich war damals gerade 1,45 m. Leider war abzusehen, dass ich kaum über 1,50 m hinauskommen würde, sagte zumindest unser Hausarzt.

Wenn der wüsste, dass ich es auf immerhin 1,54 m gebracht habe.

Das ärgerte mich damals so sehr, dass ich unbedingt die Öffentlichkeit auf diesen Missstand hinweisen wollte. Nur wusste ich noch nicht wie. Was hatte die Größe damit zu tun, ob man Stewardess werden durfte oder nicht?

Wir mussten jedes Jahr entweder allein oder zu zweit ein Referat über ein selbst gewähltes Thema schreiben und vortragen. Meine Freundin hatte die Idee eines über die Austrian Airlines zu machen. Für sie war das naheliegend. Ihr Bruder und ihr Schwager waren Piloten, ihre Schwester und die Schwägerin Stewardessen.

Wir meldeten uns für den nächsten freien Termin, drei Wochen später. Eifrig begannen wir Material zu sammeln. Glücklicherweise waren uns die guten Beziehungen meiner Freundin eine große Hilfe. Wir bekamen jede Menge interessante Informationen und sehr viel Material, wie Flugkarten, Flugzeugpläne und Ähnliches.

Das Schreiben blieb mir überlassen, meine Freundin spezialisierte sich auf die richtige Zusammenstellung des Referats. Unser umfangreiches Bild-material sollte ja mit dem Gesprochenen zusammen passen.

Schließlich war unser großer Tag. Wir bereiteten uns gut vor, damit wir später beim Referat alles flüssig vortragen konnten. Unser Thema wurde mit Verwunderung von den Lehrern zur Kenntnis genommen, waren doch sehr viele wissenschaftliche Aspekte dabei.

Mit der Einleitung sollte ich beginnen. Mein Herz raste und ich hatte das Gefühl, als wäre mein Hals zugeschnürt. Kein Wort brachte ich heraus. Der kalte Schweiß stand mir auf der Stirn. Das Klassenzimmer begann sich um mich zu drehen.

Hilfe suchend schaute ich mich nach unserem Deutschprofessor um. Der tat so, als hätte er plötzlich noch dringend etwas zu tun und erwähnte fast beiläufig, dass er noch eine Kleinigkeit des Referats mit uns besprechen müsse. Mit Nachdruck komplimentierte er uns bei der Tür hinaus in die Aula. Dort angekommen, fragte er, wie lange das Referat dauern solle. Jedes

Referat würde schließlich benotet. Wir versicherten ihm, uns gewissenhaft vorbereitet zu haben, was auf jeden Fall der Wahrheit entsprach. Wir wären aber zu nervös und dadurch würde ganz sicher der Vortrag leiden.

Daraufhin bekamen wir einen Tipp von unserem Professor, der mir bis jetzt schon oft geholfen hat, wenn ich entweder vor vielen Menschen oder mit Vorgesetzten sprechen musste. Er meinte: „Stellt euch einfach vor, Alle wären nackt. Wenn ihr euch das vorstellt, ist die Nervosität weg. Es wird euch leicht fallen, die Anderen so zu sehen wie sie eigentlich sind, wenn sie sich nicht hinter ihrer Kleidung verstecken können. Probiert es einmal aus!"

Wir tauschten vielsagende Blicke und dachten uns unseren Teil. Wieder in der Klasse angekommen, schaute ich in die Gesichter meiner Schulkollegen und Kolleginnen. Dann  stellte ich mir vor, wie sie nackt aussehen würden und musste mich beherrschen, um nicht laut zu lachen. Alles war auf einmal einfach und ich begann ganz entspannt vor lauter imaginären Nackten über das Unternehmen AUA zu referieren.

Unser Vortrag war ein Erfolg auf der ganzen Linie. Etwas mehr als 20 Minuten erklärten wir Unternehmensstrategien, technische Details, komplizierte Routen-pläne und verschiedene Ausbildungs-möglichkeiten. Wir brachten einer Schul-klasse ein Unternehmen nahe, von dem bis dahin die meisten nur wussten, dass es etwas mit dem Fliegen zu tun hatte und wurden dafür mit einem Einser belohnt.

Den Ratschlag mit den Nackten sollten Sie auf jeden Fall einmal ausprobieren, er funktioniert tatsächlich.

Erstes Fußballmatch

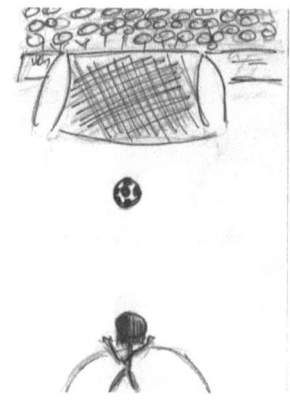

In meiner Kindheit wurde die Fußball-weltmeisterschaft in Argentinien mit öster-reichischer Beteiligung ausgetragen. Logischer-weise interessierte sich zu dieser Zeit Jeder für Fußball, nicht nur aus Patriotismus, sondern auch oder vor allem um dazuzugehören.

Man sammelte Bilder und unterhielt sich über österreichische Klubs, wie Rapid und Austria. Die Tatsache, dass wir außer den Vereinsfarben – grün/weiß und violett nicht viel über die Klubs wussten, störte uns nicht wirklich. Das lag vermutlich auch daran, dass wir 1978, als wir die zweite Volksschulklasse besuchten, am Abend nicht solange aufbleiben durften, um ein Match zu sehen.

Mein Vater kannte sich beim Fußball aus. In seiner Jugend, als er noch in Traisen wohnte, wurde er von seinen Kameraden "Eusebio" genannt, nach dem portugiesischen Spitzenfußballer. Auf das ist er mächtig stolz und erzählt es bei jeder Gelegenheit. In Puchenstuben spielte er bei den "Vereinsmeiern" und war auch dort ein recht passabler Kicker.

Schließlich beschränkte sich das Interesse von uns Kindern nur mehr auf die Vereinsfarben und nachdem meine Schwester grün wählte, blieb mir nur mehr violett. Ich war demnach von nun an "Austriafan", obwohl ich außer Friedl Koncilia und Herbert Prohaska niemanden beim Namen nennen konnte. So blieb es eigentlich sehr, sehr lange Zeit, bis mich mein Mann Norbert aus meinem Fußball-Dornröschen-Schlaf aufweckte...

Ein Wochenende ohne Kinder stand bevor und ein interessantes Bundesligamatch sollte ausgetragen werden. Ein gemütlicher Nachmittag vor dem Fernseher war genau, was meinen Erwartungen für ein ruhiges Wochenende entsprach. Doch es kam anders - mein Schatz schlug vor, doch einmal ein Spiel live anzusehen. Da ich bis dato noch nie in einem Stadion gewesen war, bedurfte es einiger Überredungskunst, bis ich dazu bereit war.

Wir fuhren vormittags nach Wien, kauften Karten, ließen das Auto in der Nähe des Stadions stehen und fuhren mit der Schnellbahn wieder nach Hause. So sollten wir nachmittags kein Problem mit einem Parkplatz haben.

Ich konnte mich nicht so wirklich für das bevorstehende Match erwärmen, da ich ja nicht viel Ahnung von Fußball hatte. Obwohl schon längere Zeit in den wichtigsten Regeln geschult, einige Fußballspieler waren mir sogar namentlich bekannt, hielt sich meine Begeisterung in Grenzen.

Die erste Niederlage hatte ich schon beim Wegfahren, weil ich eine Jacke anziehen wollte, die die falsche Farbe hatte. Mein Mann ist eingefleischter Rapidfan und ich wollte eine rote Jacke anziehen, wusste ja nicht, dass die "Grün/Weißen" gegen die "Roten Teufel", den GAK, spielen würden. Rasch zurück und eine grüne Jacke angezogen. Nach dieser Änderung war ich farblich in Ordnung und wir fuhren ins Stadion.

Die Nervosität nahm mit jedem Meter zu, den wir dem Stadion näher kamen. Als wir unsere Plätze eingenommen hatten, wusste ich warum ich keine rote Jacke tragen sollte. Rund um uns war es grün – weiß und ein roter Fleck hätte unweigerlich zu Konflikten mit den Nachbarn geführt.

Endlich wurde das Match angepfiffen. Innerhalb weniger Minuten war ich ein anderer Mensch. Ich machte eine ganz unheimliche Wandlung durch und mutierte schon innerhalb der ersten Halbzeit zu einem eingefleischten Fan oder sollte ich besser sagen zu einer Halbwahnsinnigen?

Ich sprang auf, schrie, pfiff und schimpfte den Schiedsrichter. Verfluchungen trafen den Linienrichter, der mit der Abseitsregel scheinbar nicht vertraut war und ich erntete anerkennende Blicke der anderen Fans. Mein Schatz jedoch versank immer mehr in seinem Sessel. Ich glaube fast, zu diesem Zeitpunkt bereute er aufrichtig, dass er mich überredet hatte mitzukommen und wartete nur mehr auf den Schlusspfiff. Auf jeden Fall hatte ich das Match genossen und nach dem Spiel vom Schreien fast keine Stimme mehr.

Unbedingt wollte ich wieder ins Stadion gehen, so gut hatte mir das erste Mal gefallen.

Auch an mein zweites Live-Fußballspiel kann ich mich ganz gut erinnern. Ein Ländermatch – Österreich vs. Polen im "Happel-Stadion" Mitte Oktober...

Ich war etwas zu luftig angezogen und rannte schon in der ersten Halbzeit 3x aufs Klo. Die Klofrau erkannte mich schon, als ich in der Halbzeitpause wiederkam. Sie gab mir den guten Rat mir irgendwas unter den Hintern zu legen, dann müsste ich nicht so oft zu ihr kommen. Nachdem ich das befolgt hatte, war es wirklich etwas besser und ich hielt fast bis zum Ende durch.

Wirklich vom Hocker gerissen hat mich dieses Match ohnehin nicht. Das erste Mal aber bleibt mir immer in Erinnerung und nicht nur mir...

Die erste gewonnene Wette oder Der erste Flug

Sie sagen Fliegen ist sicher und Sie verstehen die Menschen nicht, die unter Flug-angst leiden? Zum Teil kann ich mich ihrer Meinung anschließen, aber eben nur zum Teil.

Viele Verwandte, Bekannte und Freunde von mir fliegen regelmäßig in Urlaub, zu einem Geschäftstermin oder einfach nur um schneller von A nach B zu kommen. Ich konnte mir das lange Zeit überhaupt nicht vorstellen.

Höhenangst ist mir seit meiner Kindheit bestens bekannt. Ich kletterte zwar überall hinauf, auf Bäume, Felsen, Dächer, durfte aber nicht hinunter schauen. Hatte ich das getan, fehlte mir der Mut für den Weg zurück auf festen Boden.

So verhielt es sich auch mit dem Fliegen. Mir wurde schon beim Anblick eines Flugzeuges schlecht. Ich blickte zum Himmel und stellte mir vor, wie es wäre im Flieger zu sitzen. Wie gesagt, ich stellte es mir nur vor. Wie ein Flugzeug von innen aussah, wusste ich genau. Meine Freundin hatte durch ihre Verwandten, die fast alle mit der Fliegerei zu tun hatten, sei es als Piloten oder Flugbegleiter, Zugang zu sämtlichen Fakten. Oft schauten wir uns eindrucksvolle Bilder von neuen Flugzeugmodellen an. Auch über die Technik wusste ich einiges und über den Ablauf von Start und Landung.

Meine Eltern und Geschwister waren noch nie geflogen, aus welchen Gründen auch immer. Mein Grund war einfach – Angst. Wovor, hätte ich aber nicht genau sagen können.

Meiner Meinung nach war es zu 80% Einbildung, zu 10% das Problem der Höhe und des Unbekannten und zu 10% die Angst jemandem, den man nicht kennt, ausgeliefert zu sein.

Bis ich ein Flugzeug von innen sah, dauerte es noch einige Jahre...

Mein Mann Norbert hatte seit seiner Zeit beim Bundesheer engen Bezug zur Fliegerei. Er war beim Heer in der Pilotenschule mit einer "SAAB 91 D" geflogen. Die Maschine wurde wegen ihrer Farbe und, bei genauem Betrachten auch wegen ihrer Form, „Eierspeis-Pfandl" genannt. Auch seine Arbeit bei der Fracht am Flughafen Wien hatte das Übrige dazu getan, dass Flugzeuge ihn faszinierten. Er bereute noch Jahre später diesen Arbeitsplatz aufgegeben zu haben.

Immer wieder wollte er mir einen Städteflug schmackhaft machen, längere Strecken sollten folgen. Ständig mussten neue Ausreden herhalten, warum es nicht möglich war zu fliegen. Angefangen mit "Das ist zu teuer!", gefolgt von "Momentan haben wir keine Zeit.", bis zu "Warum gerade in diese Stadt?" war alles dabei.

Norbert fand recht bald heraus, dass sämtliche Ausreden nur auf meiner Angst begründet waren. Umso mehr hatte er sich vorgenommen, mich dazu zu bringen doch einmal zu fliegen um mir die Angst zu nehmen.

Wir fuhren fortan in regelmäßigen Abständen am Wochenende zum Flughafen und schauten von der Ferne bei Starts und Landungen zu. Wir gingen im Flughafenrestaurant essen oder bummelten am Flughafen durch die Einkaufspassage. Wir besuchten den Donauturm in Wien, um das Problem mit der Höhe in den Griff zu bekommen.

Die Fahrt mit dem Aufzug kostete mich mehr Nerven, als alles was ich bis dahin unternommen hatte. Oben angekommen, konnte ich kaum die Aussicht genießen, dachte ich doch schon wieder ans Runterfahren. Auch diese Prüfung ging vorbei. Schlussendlich glaubte mein Mann am Ziel zu sein. Er machte sich meine Leidenschaft fürs Wetten zu Nutze...

Ich wollte für den Sommer unbedingt ein Fahrrad, damit ich mich wenigstens ein bisschen sportlich betätigen konnte. Laufen war wegen meines lädierten Knies nicht so ganz meine Sache und schon gar nicht wollte ich in irgendein Fitnesscenter zur "Fleischbeschau" gehen.

Die Diskussion um mein Fahrrad uferte ein wenig aus, nachdem ich meinte, ich könnte damit vielleicht meine Schwester in 50 km Entfernung mit diesem heimsuchen. Mein Liebster war davon überzeugt, dass ich es nicht einmal von uns bis zu meinen Eltern, ca. 18 km, schaffen würde, sowenig Kondition hätte ich.

Dazu muss man wissen, dass ich fast den ganzen Tag im Büro verbringe und sich meine körperliche Ertüchtigung darauf beschränkt mit dem Hund raus zu gehen. Am Wochenende dauern diese Spaziergänge zwar etwas länger als unter der Woche, aber auch nicht stundenlang. Im Winter kommen dann wenigstens die Wochenenden dazu, wo ich mit meinem Terrier bei Treibjagden teilnehme und den ganzen Tag lang durch den Wald renne, aber eben nur im Winter. Für den Sommer brauchte ich ein Fahrrad, soviel stand fest.

Klarerweise musste ich zuerst die Unterstellung von meiner angeblich angeschlagenen Kondition unbedingt widerlegen. Ich schlug meinem Schatz eine Wette vor. Von uns Zuhause bis zu meinen Eltern sollte ich mit dem Rad fahren, ohne dabei auch nur einmal abzusteigen. Zur Durchführung wollte ich mir das Rad meiner Schwägerin ausborgen.

Der Einsatz war hoch. Sollte ich verlieren, würde ich nach Berlin fliegen müssen. Norbert bot mir an, für den Fall, dass er verlieren sollte, mit mir zwei Tage in die Ötschergräben wandern zu gehen. Das war

 schon länger auf meinem Wunschzettel, wurde aber mit der gleichen Vehemenz verschoben wie der Flug. War bei mir die Angst vor dem Fliegen der Grund fürs Termin verschieben, so war es bei Norbert die Angst vor den körperlichen Strapazen, die ihn davon abhielt, mit mir wandern zu gehen. Die Gleichwertigkeit der Wetteinsätze war dadurch gewahrt.

An einem wunderschönen sonnigen Feiertag schwang ich mich, ausgerüstet mit einer Flasche Wasser, auf das Rad und strampelte los. Der Weg, der zur Durchführung gewählt worden war, führte ungefähr zehn Kilometer stetig bergauf. Nicht extrem, aber durch die ständige geringe Steigung auch nicht einfach zu bewältigen. Erst nach diesem Anstieg ging es bergab und danach auf halbwegs gerader Strecke weitere sieben Kilometer bis zu meinen Eltern. Ich wurde von einem

60

„Betreuerfahrzeug", gelenkt von meinem Mann, begleitet, sonst hätte ich ja schwindeln können.

Nun, wie Sie sich sicher denken können, schaffte ich es. Erstens konnte ich unmöglich diese Fehleinschätzung meiner Leistungsfähigkeit auf mir sitzen lassen... mein Stolz hätte zu sehr gelitten. Zweitens wollte ich mir die Gelegenheit zu einer Wanderung in die Ötschergräben nicht entgehen lassen. Drittens – der Hauptgrund – meine vermeintliche Flugangst verlieh mir regelrecht Flügel.

Bei meinen Eltern angekommen, stieg ich vom Rad und mein Liebster aus dem Auto. Er schüttelte den Kopf und musste kleinlaut zugeben, dass er sich wohl geirrt hatte. Verständlicherweise war er sehr enttäuscht. Hauptsächlich weil er seine Chance, doch einmal mit mir zu fliegen, immer weiter schwinden sah und auch weil er das erste Mal eine Wette gegen mich verloren hatte! Trotzdem erkannte er meine Leistung an und freute sich mit mir.

Es war die erste Wette mit meinem Mann, die ich nach unzähligen Niederlagen, gewonnen hatte. Nun hatte ich mir mein

Rad verdient und außerdem als Draufgabe noch eine Wanderung in die Ötschergräben gewonnen. Seine Enttäuschung wollte ich trotzdem ein bisschen mildern und wuchs buchstäblich über mich hinaus. Ich buchte meinen ersten Flug!

Erst als die Tickets mit der Post geschickt wurden, kam meine Frage, ob er Lust hätte, mit mir nach Berlin zu fliegen. Anfangs total verwirrt, hatte ich doch die Wette gewonnen, freute er sich dann um so mehr über die gelungene Überraschung.

Alles wurde für den großen Tag organisiert. Kinder und Hund zu Oma und Opa und dann los. Wir waren viel zu früh am Flughafen, doch das war sicher besser so. Ohne Eingewöhnungsphase wäre ich nicht in den Flieger gestiegen. So konnte ich mir alles nochmals anschauen und schluss-endlich dachte ich mir, warum sollte das Flugzeug gerade mit mir abstürzen. Die leise Stimme im Hinterkopf „Warum gerade nicht mit mir?" ignorierte ich erfolgreich und so bestieg ich das erste Mal ein Flugzeug, eine Boeing 737 der Air Berlin.

Es war ein äußerst seltsames Gefühl und hatte so etwas Endgültiges. Ich wusste, wenn sich die Türen schließen, gibt es kein Zurück, doch es war mir egal. Dieses Gleichgültigkeitsgefühl änderte sich allerdings schlagartig als ich registrierte, dass sich das Flugzeug zu bewegen begonnen hatte. Wir rollten auf die Startbahn und ich verkrampfte mich so, dass die Knöchel weiß hervortraten. Ich glaubte, meine Sehnen würden schnalzend abreissen.

Nun nachdem auch diese Phase vorbeigegangen war und das Flugzeug abhob, kam wieder das "Wurschtigkeitsgefühl". Leider nur solange, bis die Boeing die erste Kurve flog. Als der Flieger endlich seine Flughöhe erreicht hatte, ging es mir besser und meine Hände wurden wieder richtig durchblutet. Wir aßen Brötchen, tranken Kaffee und schauten auf die herrlich strukturierte Landschaft einige tausend Meter unter uns.

Der Flug dauerte lächerlich kurz – 55 Minuten. Fürs erste Mal war das allerdings lang genug. Der Landeanflug auf Berlin-Tegel war wieder eine entscheidende Phase. Es ist eigenartig wenn die Häuser immer näher kommen. Endlich setzte die Maschine auf und kurze Zeit später konnten wir das Flugzeug verlassen.

Wir hatten einen wunderschönen Tag in Berlin. Nach dem Training auf dem Donauturm war die Besichtigung des Fernsehturms auf dem Alexanderplatz kein Problem. Es folgte eine Stadtwanderung, fast den ganzen Prenzlauer Berg hinauf, weil ja Männer viel besser Pläne und Karten lesen können...

Wir fuhren dann mit der Straßenbahn zum Fernsehturm zurück, um unsere Orientierung nicht ganz zu verlieren. Endlich fanden wir den Weg zum Brandenburger Tor, gingen über die Straße des 17. Juni bis zur Siegessäule und nahmen beim Zurückgehen auf den Alexander Platz noch alle möglichen Denkmäler, Museen und interessante architektonische Meisterwerke mit.

Am Abend, fast zu müde, um mich vor dem Rückflug zu fürchten, genoss ich das Gefühl, etwas Ungewöhnliches gemacht und meinen inneren Schweinehund wieder einmal besiegt zu haben.

Die Wanderung in die Ötschergräben war für meinen Schatz sicher eine größere

Anstrengung, als der Flug für mich. Jedenfalls viel schmerzhafter. Blasen an den Füßen holt man sich im Flugzeug gewöhnlich nicht...

Fliegen ist wunderschön und sehr angenehm. Aus eigener Erfahrung kann  ich Jedem nur empfehlen, über seinen Schatten und hinein in den nächsten Flieger zu springen. Dann wissen Sie worauf Sie bis jetzt freiwillig verzichtet haben. Einen Versuch ist es allemal wert!

Erstes mal Achterbahn

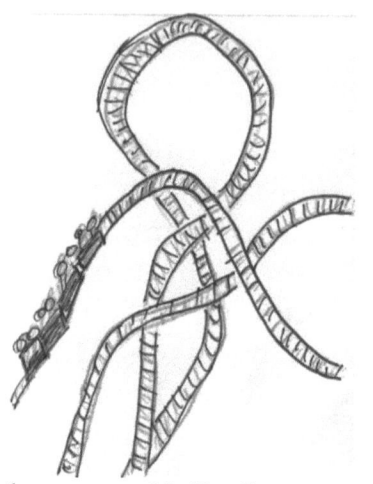

Mit der Achterbahn zu fahren ist eine lustige Sache. Ja, wenn man keine Angst davor hat...

Dann nämlich wird allein schon der Gang durch die eher harmlosen Attraktionen des Wieselburger Volksfestes zum Spießrutenlauf. Ständig fragt irgendwer: „Warum willst du denn nicht mit diesem oder jenem Vehikel fahren?" Nirgendwo findet man Verständnis für seine doch wohl begründete Angst. Räder könnten aus der Führung springen, Seile könnten abreissen, Stangen könnten brechen und tausend andere Sachen könnten bei solchen Vergnügungen passieren.

Nun ich hatte seit meiner Kindheit eine generelle Abneigung gegen solche Attraktionen. Beim Volksfest, das ein Muss zum Schulschluss war, begnügte ich mich damit, meine Familie zu diversen lustigen

Geräten zu begleiten. In der Zwischenzeit stopfte ich mich mit Popcorn, Grillhendl und Zuckerwatte voll. Ich schaute gerne zu, wie andere Kinder sich vor Angst fast in die Hose machten und das anscheinend auch noch genossen. Verstehen konnte ich dieses Verhalten allerdings nie.

Nach meinem ersten Praterbesuch sah ich das erste Mal was eine Hochschaubahn oder eine Achterbahn wirklich waren. Kein Vergleich mit dem fliegenden Teppich auf dem Wieselburger Volksfest. Ein einziges Mal hatte ich mich zu einer Fahrt mit diesem Ding überreden lassen. Mein Vater bereute das damals bitter, hatten mich die Leute doch im Umkreis des halben Messegeländes schreien hören.

Viele Jahre nach meinem Praterdebüt wurde meine Tochter 10 und wollte unbedingt einmal mit so einem Ding fahren. Sie meinte, es sei relativ ungefährlich und klärte mich über die Sicherheitsvorkehrungen auf. Sie war wie gesagt 10! Ich konnte damals leider noch nicht über meinen Schatten sprin- gen, schaute aber interessiert zu, wie die Kinder mit meinem Mann nacheinander mit allen möglichen Bahnen fuhren. Eine Einzige schied aus, da man dafür eine gewisse Größe haben musste.

Wie Sie ja schon aus der Erzählung über meinen ersten Flug wissen, wette ich gerne. Wieder einmal verlor ich eine Wette oder soll man sagen, ich gewann? Raten Sie mal, um was ich gewettet habe. Richtig, ein paar Fahrten mit der Achterbahn.

Immer wieder wurde der Tag der Wetteinlösung verschoben. Irgendwann waren wir unterwegs und ich fand mich plötzlich im Prater wieder. Alle Proteste halfen nicht – Wettschulden sind Ehrenschulden und diverse andere Argumente, die ich immer benutzte, wurden gegen mich verwendet.

Mein Mann hatte die schnelle Bahn ausgesucht. So würde ich es wenigstens rasch hinter mich bringen können. Nachdem einige Kinder lachend ihre Fahrt beendet hatten, wagte ich es endlich mich in so ein filigranes Wagerl zu setzen. Der Betreuer der Bahn wurde mit Fragen über die Sicherheit bombardiert. Schließlich schaute er meinen Mann bedauernd an und meinte:" Bist du dir sicher, dass du mit DER Frau fahren willst? Nachher können wir sie womöglich wegführen."

Aber das ganze Gezeter half nicht, der Wagen setzte sich in Bewegung und wurde steil hinaufgezogen. Ich hatte darauf bestanden hinter meinem Mann zu sitzen, damit ich mich wenigstens verstecken konnte. Wovor, hätte ich selber nicht sagen können. Am höchsten Punkt angekommen fuhr der Wagen ein Stück gerade aus, um dann im freien Fall nach unten zu stürzen. Ich schloss die Augen und schrie! Zuerst war mir gar nicht bewusst, dass ich da schrie.

Nun – was soll ich sagen – auch diese Horrorfahrt hatte ein Ende. Ich konnte allerdings nicht gleich aus dem Wägelchen aussteigen, ich zitterte am ganzen Körper und irgendwie schaffte ich es nicht, meinen Mann loszulassen. Die blau-roten Flecken auf seinen Rippen am nächsten Tag sprachen Bände.

Der nette Herr von der Bahn half mir dann heraus und schüttelte seinen Kopf, bis wir gegangen waren. Der Nachmittag war gelaufen. Zu Hause angekommen, hielt ich meinem Mann eine Predigt. "Wie konntest du so einen Wetteinsatz von mir überhaupt annehmen? Warum musste es gerade diese Bahn sein? Wieso gerade heute?" Alles Mögliche warf ich ihm an den Kopf. Rücksichtsloser Rüpel war da noch das Mindeste... Ist wahrscheinlich nur beim ersten Mal so schlimm, dachte ich. Weit gefehlt! Hab ich eigentlich erwähnt, dass ich um mehrere Fahrten gewettet hatte?

Ich sehe heute, wenn ich bei einer Achterbahn vorbei gehe, im Geiste zwar keine Wagerl mehr durch die Luft fliegen und abgetrennte Körperteile herumliegen, aber um ein paar "vergnügliche" Fahrten wetten, würde ich auch nicht mehr.

Die erste Wallfahrt

Spätestens beim Einstieg in die Falkenschlucht hätte es für uns offensichtlich sein müssen, dass es nur eine Konsequenz geben konnte – Umkehren! Aber wollen wir beim Anfang beginnen...

Schon längere Zeit hatten sich meine Schwester und ich vorgenommen eine Wallfahrt zu unternehmen. Wir wollten von Traisen aus aufbrechen und am zweiten Tag Mariazell erreichen. Die Terminvereinbarung bereitete uns einige Schwierigkeiten. Schließlich bestand sie darauf Anfang April zu gehen. Alle Bedenken und Warnungen von Freunden, Verwandten und Bekannten, dass Anfang April durchaus noch Schnee in den Voralpen liegen könnte, wurden beiseite gewischt und am 3. April um 6.00 Uhr morgens brachen wir auf – meine

Schwester, eine Freundin mit ihrem Hund und ich mit meinem Hund.

Wir hatten eine Karte dabei. Naja, nicht direkt eine Karte... nur ein Auszug aus einem Bericht über die Wallfahrtsstrecke mit genauer Beschreibung des Weges und einer sehr dürftigen Skizze. Der Proviant war reichlich und selbstverständlich hatten wir Reservegewand und alles, was sonst noch für eine "Expedition" notwendig ist, dabei.

Das Wetter war herrlich. Wir gerieten, obwohl Anfang April, schon bald ins Schwitzen. Der Weg war überhaupt kein Problem und wir kamen gut voran. Als Tagesziel wurde Ulreichsberg ins Auge gefasst. Soweit wollten wir am ersten Tag gehen, um am nächsten Tag Mariazell zu erreichen. In der Kapelle sollte dann eine Kerze angezündet werden und danach würden wir mit dem Zug nach Hause fahren oder uns abholen lassen.

Zügig ging es von Traisen über Marktl und Lilienfeld in Richtung Türnitz – unser erstes Etappenziel, bis Mittag locker zu schaffen. Meine Schwester, die den Bericht eingehend studiert hatte, meinte, es gäbe kurz vor Türnitz eine Abkürzung. Wir würden uns den langen Weg neben der Straße ersparen.

Gegen 10.00 Uhr gingen wir in die "Klamm". Von einem Wegweiser war zwar keine Spur, aber zuversichtlich wanderten wir weiter. Laut Beschreibung sollte er  neben dem Weg positioniert sein. Wir marschierten schon eine halbe Stunde in der Klamm, als der Forstweg immer steiler anstieg. Auf einmal standen mitten am Weg Tafeln, dass Schlägerungsarbeiten in Gang seien und ein Betreten des Weges verboten sei.

Wir berieten uns kurz und kamen zur Überzeugung, dass der Weg zurück viel zu lang sei und an einem Samstag sicher keine Schlägerungsarbeiten durchgeführt würden. Es war mucksmäuschenstill, bei Forstarbeiten wäre sicher etwas zu hören gewesen. Der Weg stieg weiter an, schließlich machten wir einen ganz genauen Blick auf die "Karte", die diesen Namen nicht verdient hatte. Wir waren überzeugt, dass wir richtig wären, die scharfe Kurve und der Bach, unmöglich sich zu täuschen.

Nach weiteren hundert Metern auf dem Steig, wollten wir uns nochmal vergewissern. Nach genauem Studium der Skizze mussten wir zur Kenntnis nehmen, dass wir fast auf dem "Türnitzer Höger" angekommen waren. Das ist ein 1372 m hoher Berg bei Türnitz und dort wollten wir ursprünglich sicher nicht hin. Konsequenz – den ganzen Weg zurück.

Unten wieder bei den verlassenen Häusern angekommen, begannen wir nach dem Wegweiser zu suchen. Neben dem Weg befand er sich nicht. Nachdem wir eine große Wiese überquert und an einigen Fischteichen vorbei gegangen waren, entdeckten wir, schon eingewachsen in den Sträuchern am Waldrand, eine vergilbte alte Holztafel. "Nach Türnitz" stand darauf... Dem Steig folgend, der nur mehr stellenweise zu erkennen war, ging es flott über den Hügel. Das letzte Stück, das fast nur im Schatten lag, war noch mit einer dicken alten Schneeschicht bedeckt. Endlich erreichten wir Türnitz mit fast zweistündiger Verspätung.

Dort legten wir nur eine kurze Rast ein. Uns stand noch ein schwieriges Stück Weg bevor und der unvorhergesehene Zeitverlust war nicht eingeplant. Die Tage sind im April noch nicht so lang und wir wollten unbedingt vor Einbruch der Dunkelheit die Falkenschlucht hinter uns bringen. Zuerst mussten wir aber erst einmal dorthin kommen. Der Weg von Türnitz zur Schlucht ist um  einiges länger, als man aufgrund der Wegbeschreibung vermuten würde. So gegen 15.00 Uhr erreichten wir die Brücke, von der aus es direkt zur tiefverschneiten Schlucht ging.

Zuerst die Warntafeln wegen der Schlägerung, der Umweg von fast zwei Stunden auf den "Höger", dann noch der Schnee am Ende des Waldwegs. Das Alles hatten wir geflissentlich übersehen, obwohl es uns eigentlich regelrecht entgegen gesprungen ist. Diese Wallfahrt stand unter keinem guten Stern. Glauben Sie an Zeichen? Ich heute mehr denn je...

Spätestens beim Einstieg in die Falkenschlucht hätte es für uns offensichtlich sein müssen, dass es nur eine Konsequenz geben konnte – Umkehren!

Wir ließen uns nicht beirren und setzten den Weg fort. Aufgeben konnten wir unmöglich. Am Anfang der Schlucht kamen wir noch ganz gut voran. An dieser Stelle möchte ich anmerken, dass der Schnee in der Schlucht, da dort die Sonne noch keine Kraft hatte, ungefähr einen bis eineinhalb Meter tief war. Er war oberflächlich relativ hart, aber darunter schon ziemlich weich. Bei jedem Schritt versank man bis zu den Hüften im Schnee. Der Rucksack war erstaunlicherweise erheblich schwerer, als noch am Morgen. Es kostete enorme Kraftanstrengung, sich selbst mit dem Rucksack aus dem Schnee zu ziehen.

Die Hunde rissen an der Leine, bellten und wollten nur schnell heraus aus der engen Klamm. Die Steige waren nicht vollständig auszumachen. Jeder Fehltritt hätte mit einem Sturz in den Bach geendet. Die gefährlichen Felsblöcke im Bachbett wirkten umso bedrohlicher, je höher wir stiegen. Wir sahen unser Heil nur darin, die Schlucht noch bei Licht zu verlassen. Es dämmerte bereits, als wir die Forststraße am Ende der Schlucht erreichten.

Auf dem Weg angekommen, löste sich die Hoffnung in Nichts auf, dass dieser schneefrei sein würde. Es blieb uns nur die Option weiter mühsam eine Spur durch den Schnee zu ziehen. Auf dem Weg lagen nur mehr knapp 30 – 50 Zentimeter.

Bei Einbruch der Dunkelheit erreichten wir eine Weggabelung, die endgültig über unser weiteres Schicksal entscheiden sollte. Alles war tief verschneit und keine Spur war zu erkennen. Wir waren bis dahin lediglich der schon fast nicht mehr sichtbaren Spur eines Schneetellers gefolgt. Auf die Idee, dass es nicht viele Verrückte gab, die Anfang April in diesem Gelände unterwegs waren, kamen wir nicht oder gestanden uns das einfach nicht ein.

Bei der Gabelung, wo an ein Umkehren schon längst nicht mehr zu denken war, entschieden wir uns für den weniger zugeschneiten Weg, der allerdings wieder bergauf führte. Nach einigen hundert Metern durch den Wald erreichten wir einen Wegweiser – "Annabergerhaus 1 Stunde" stand darauf.

Gegen 21.00 Uhr wurde es zusehends nebelig und es hatte stark abgekühlt. Wir beratschlagten, was zu tun sei und kamen überein, weiterzugehen. Zur Absicherung nahm die Freundin meiner Schwester das Handy und rief ihre Familie an, um sich unser Vorgehen bestätigen zu lassen. Der Rat war eindeutig – weitergehen bis zur Hütte und dort übernachten, auf keinen Fall in der Dunkelheit umkehren oder den Weg verlassen.

Inzwischen war es stockdunkel und wir stapften im Schein unserer Taschenlampen, die wir vorsorglich mitgenommen hatten, weiter bergauf. Endlich lichtete sich der Wald und wir begannen eine Almwiese zu überqueren. Nach etwa 200m stand ein Wegweiser,  dessen Pfeil steil nach oben zeigte. "Tirolerkogel" stand darauf geschrieben – unser neues, vorläufiges Tages-ziel. Ein zweiter Pfeil mit dem Namen eines Grabens zeigte bergab.

Zu diesem Zeitpunkt waren wir fast völlig am Ende unserer Kräfte und schleppten uns nurnoch weiter. Die Füße schmerzten, die Riemen der Rucksäcke schnitten tief in die Schultern. Die Kraft ließ mit jeder Minute nach.

Wir erreichten nach der ersten Steigung ein flaches Teilstück. Die Freude darüber währte nur kurz. Nach hundert Metern begann der nächste Anstieg. Steil bergauf ging es die nächsten dreihundert Meter, danach wieder ein flacheres Stück.

Mittlerweile lagen auch schon die Nerven blank. Rund um uns war dicker Nebel, es nieselte, Wind kam auf und es wurde empfindlich kalt. Weit und breit war kein Licht zu sehen und seit dem Lesen der Tafel und dem Telefonieren war weit mehr als eine Stunde vergangen. Das Annabergerhaus hätten wir schon längst erreichen müssen.

In unseren Rucksäcken war noch Gewand zum Überziehen, Essen und Trinken. Nach kurzer Diskussion, ob wir weiter bergauf gehen oder rasten sollten, wurde beschlossen, wenigstens zu rasten. Wir konnten und wollten ohnehin keinen Schritt mehr tun.

Zu dritt wickelten wir uns in eine Rettungsdecke, die ich für alle Fälle mitgenommen hatte, und riefen nochmals die Zuhausgebliebenen an. Wir wollten uns eigentlich erst von der Hütte aus melden. Nachdem wir diese aber schon längst hätten erreichen müssen, wollten wir unsere Familien beruhigen. Wir versicherten ihnen, dass wir aufgrund des Nebels etwas länger brauchen würden und uns sofort nach Eintreffen auf der Hütte wieder melden würden.

Keine fünf Minuten später läutete das Handy, die Bergrettung wollte wissen wo wir wären. Die Schwiegermutter unserer Freundin hatte die Retter angerufen, da sie dem Frieden, den wir verzweifelt versuchten zu vermitteln, nicht getraut hatte. Sie war der Meinung, dass es einfach zu riskant war, bei diesem Wetter draußen zu übernachten. Wir selbst hätten uns nie die Blöße gegeben und die Bergretter angerufen.

Gegen halb zwölf rückte die Rettung mit Pistenraupe und Skidoos an. Es war nun schon empfindlich kalt. Obwohl wir am liebsten im Erdboden versunken wären, waren wir doch froh, endlich von diesem Kogel herunterzukommen.

Der Weg war verdächtig kurz bis zum Parkplatz, wo die Bergrettung ihr Gerätedepot hatte. Wir fuhren vielleicht eine Viertelstunde. Am Parkplatz angekommen, nahm uns mein Mann in Empfang.

Er hatte sich, gleich nachdem ich angerufen hatte, dass wir auf dem Tirolerkogel im Annabergerhaus übernachten würden, auf den Weg gemacht, um uns zu suchen. Auch er hatte dem Frieden nicht getraut. Als er die Bergrettung auf dem Parkplatz mobil machen sah, fragte er, ob sie da seien um drei Weiber und zwei Hunde vom Berg zu holen. Nachdem dies bestätigt worden war, machte er sich vernünftigerweise nicht selbst auf den Weg, sondern überließ das lieber den Ortskundigen. Nach dem Einsatz fuhren wir in ein Wirtshaus, wo alle weiteren Formalitäten erledigt wurden.

Da Sie ja mittlerweile schon wissen, dass unsere Familie rund um den Ötscher bestens bekannt ist, können Sie sich vielleicht vorstellen wie peinlich die Situation für meine Schwester und mich war, als man uns nach dem Namen fragte.

Es gab erst einmal die üblichen Belehrungen, aber auch ein kleines Lob. Der Einsatzleiter hatte seinerzeit mit meinem Vater eine geschossene Gams aus einer Felswand geborgen. Er stellte fest, dass es weniger schlimm sei, wenn man jemanden vom Berg holen muss, der wie wir ordentlich ausgerüstet, mit der richtigen Bekleidung und den richtigen Schuhen unterwegs ist, als die sogenannten Halbschuhtouristen.

Wir recherchierten nochmals die ganze Wallfahrt – wir waren mehr als 16 Stunden unterwegs gewesen und hatten ungefähr 40 km hinter uns, mehr als ein Drittel davon in hüfthohem Schnee.

Abgesehen davon, dass um diese Zeit kein normaler Mensch den Wallfahrtsweg durch die Schlucht nach Mariazell nimmt, war schlussendlich die Tafel auf der Almwiese schuld. Irgendjemand hatte diese verdreht. Wäre sie richtig gestanden und hätte geradeaus gezeigt, wären wir 20 Minuten später bei einer heißen Tasse Tee im Annabergerhaus gesessen.

Wir waren schon vorher falsch gegangen, was sich im Nachhinein als großes Glück herausgestellt hatte. Wären wir bei der Weggabelung geradeaus und nicht bergauf gegangen, hätte unsere Wanderung in einer stundenlangen Odyssee durch den Wald geendet. Wir hätten aufgrund der Schneelage keine Chance gehabt, den Wallfahrtsweg zu finden, da er von der Schlucht bis Ulreichsberg nur auf den, am Boden liegenden, Steinen ange-zeichnet ist,

 die ja unter dem Schnee lagen. Die Berg-rettung hätte sich in diesem Fall schwer getan, da der Waldweg sehr schwer zugänglich ist.

Von unserem letz-ten Standort aus, waren es keine fünfhundert Meter bis zur nächsten Forststraße, was sich damals unserem Wissen entzog. Wir hätten uns dadurch monatelanges Gelächter unserer Familien und Freunde ersparen können, denn was wir in der Nacht noch nicht so genau wussten, war, was uns in den nächsten Tagen bevorstehen würde.

Elisabeth und deren Freundin hatten Blasen von der Fußsohle bis zu den

Schienbeinen. Die Heilung der Blasen zog sich über mehr als vier Wochen. Ich kann mit Stolz sagen, dass ich keine einzige an den Füßen hatte, konnte dafür aber drei Tage lang nur mit Krücken gehen. Eine Leistenzerrung von der lustigen Schnee-wanderung.

Meine Hündin würdigte mich die nächsten Tage keines Blickes und versteckte sich, wenn ich mit ihr rausgehen wollte. Auch ihr hatten die Strapazen sehr zugesetzt.

Auf jeden Fall haben wir uns fix vor-genommen, die Wallfahrt irgendwann zu Ende zu führen. Bei schönerem Wetter und zu einer anderen Jahreszeit, wohlgemerkt. Nie mehr vor Juni in die Falkenschlucht, soviel stand fest. Man kann dann nämlich dieses wunderschöne Stück Heimat nicht so richtig genießen.

Nachwort

Nachdem ich endlich den Mut hatte, dieses Büchlein, das kleine Abschnitte meines Lebens beleuchtet, der Öffentlichkeit Preis zu geben, spiele ich schon mit dem Gedanken, den Roman doch zu schreiben, den ich vor Jahren schreiben wollte. Und das Kinderbuch, ein Kochbuch und und und...

Bevor ich damit beginne, mich auf ein neues Werk einzulassen, möchte ich mich aber bei den Menschen bedanken, die es mir ermöglicht haben, mir den Traum vom ersten Buch zu erfüllen.

Dank gebührt vor allem Papa, Mama, meiner Schwester, die sich bereit erklärt hat, die Illustration meines Manuskripts zu übernehmen, meinem Bruder, meiner Tochter, den Großeltern, Onkeln, Tanten, Cousinen, Cousins, Neffen, Nichten, einfach meiner GANZEN Familie und nicht zu vergessen – meinem langjährigen Freund Hannes Punkenhofer.

Meine Deutschlehrer, die mir die Beschäftigung mit unserer schönen

Sprache schmackhaft machten, möchte ich auch nicht unerwähnt lassen – Danke an Barbara Buder, Wolfgang Zwick und Thomas Unterpirker.

Besondere Hochachtung verdienen die Menschen, die meine Kindheit geprägt haben – besonders der Brunner Sepp und seine Christl vom "Hinterötscher", die Familie Kriener von Puchenstuben, die Familie Buder vom "Brand" und die Köllners von der "Brandeben" – um die Wichtigsten zu nennen.

Ganz besonders allerdings möchte ich die Geduld von meinem Mann anerkennen, ohne den es dieses Buch nicht gegeben hätte und der mir bei der Korrektur behilflich war. Er hat mich immer unterstützt und an mich geglaubt. Er hat meinen größten Wunsch nicht nur respektiert, sondern mir auch geholfen, ihn zu verwirklichen. DANKE!

Mein erstes, wirklich fertiggestelltes, Buch widme ich m.g.T.L., die es mit mir auch nicht immer leicht hat.

Geboren wurde ich in Außerhalbach, am 4. Juni 1970. Am Fuße des Ötschers und in Puchenstuben aufgewachsen, verbrachte ich meine Lehrzeit in Rohrbach an der Gölsen. Es war ein Kulturschock für mich, danach in die Nähe von Wien zu übersiedeln. Mittlerweile kann ich diesem Umstand zwar auch viele Vorteile abgewinnen, fühle mich aber mit allem Ländlichen immer noch sehr verbunden.

Meine Bodenständigkeit war nie ein Hindernis auf dem Weg zu Kunst und Kultur. Als gelernte Gärtnerin, ist es gerade die Herausforderung, das Natürliche mit der Kunst zu verbinden, die das Schreiben für mich interessant macht.

Mein erstes Buch habe ich hauptsächlich für meine Familie publizieren lassen, aber auch, um mir selbst einen Gefallen zu tun. Derzeit arbeite ich an einem neuen Projekt, das mir persönlich sehr am Herzen liegt und dessen Fertigstellung mein nächstes Ziel ist.

Eugorisse-Urban Susanne
im Dezember 2007